**letícia simões**

(Salvador, 1988) é cineasta, poeta e pesquisadora. Estuda a relação entre imagem e texto pelo viés da memória, do gênero e da história social. Como cineasta, dirigiu "Bruta Aventura em Versos", "Tudo vai ficar da cor que você quiser" e "O Chalé é uma Ilha Batida de Vento e Chuva", uma trilogia sobre poesia marginal brasileira; e "Casa", um ensaio de autoficção. Antes deste livro, escreveu *Pessoas de quem roubei frases* (Editora 7 Letras) e *daqui, em 1976, acenei para você* (Editora Patuá).

# ANTES DE CRUZAR O ATLÂNTICO

letícia simões

**editora Urutau**
primeira edição
2022

O —

**editora Urutau**

rua do cajú, 478,
jardim das cerejeiras
06724-015
cotia-sp (brasil)

rua manuel pacheco nobre, 128 - 5º esquerdo
2830-080
barreiro (setúbal)
portugal

[+351] 928053619 [portugal]
[+55] 11 9 4859 2 426 [brasil]

www.editoraurutau.com.br
contato@editoraurutau.com.br

[EDITORA]
debora ribeiro rendelli
[REVISÃO]
juliana palermo
[PROJETO GRÁFICO]
wladimir vaz
[COORDENAÇÃO GRÁFICA]
tiago fabris rendelli
[DIAGRAMAÇÃO]
victor h. azevedo
[CAPA]



**dados internacionais de catalogação na publicação (CIP) de acordo com ISBD**

simões, letícia
S593a antes de cruzar o atlântico / letícia simões. - cotia : urutau, 2022. 96 p. ; 14 x 19,5cm.

ISBN: 978-65-5900-405-8

1. literatura brasileira. 2. poesia. I. título.

CDD 869.1
2022-3863 CDU 821.134.3(81)-1

elaborado por vagner rodolfo da silva - CRB-8/9410

## sumário

## [prefácio]
## A vista da varanda, em frente à copa da mangueira

É manhã, e, enquanto tento escrever depois de tudo o que este livro me causou, escuto de fundo o barulho de carros misturado a um zunido suburbano e a uma conversa agitada da família de pássaros que mora na mangueira que sombreia a minha varanda. Sinto-me emaranhada no calor de Recife. Suo enquanto escrevo nesta cidade que tem o mar e o rio por onde escaparmos, mas que é quente e fétida, como disse tua avó no poema "maria esther". Escapou-me aqui o pronome "tua", como quando escapou o pronome "teu" seguido de "pai", para Pablo, em "Azul": nome que transborda o livro inteiro, seja como um ser, como uma cor, um símbolo ou um índice. Assim como transborda o mar, a água, as ondas, os vulcões, o delírio do tempo (o passado, o presente, o futuro) e o espaço (o sideral e o transitório). "qualquer corpo em movimento é capaz de produzir/eletricidade/o que dizer de um mar?", leio em "você, lado b". Por um segundo entendo que escrevo um prefácio torto em que me reporto não ao leitor do teu livro, mas a você, em nome próprio, e só por tabela a qualquer um que venha te ler aqui nas páginas destes abraços de randômica imagem. Imito os teus recortes e nomeio este texto, assim que percebo o pronome em minha fala, com o espaço da casa em que agora estou, seguido do teu nome. Não fosse assim, acho que soaria como se eu falasse de você enquanto você está no mesmo cômodo que eu.

Em "aaron saachs", você diz: "o historiador americano aaron saachs/escreveu que a maior qualidade dos primeiros exploradores/era dominar a arte de se perder:/no fim das contas/conhecer seus instrumentos e/ter algum otimismo em relação/ao caminho por encontrar". Há dias leio e releio os poemas, faço anotações, espero enfim entender o que não entendi ou me perder naquilo que achei que sabia, e vejo acontecer invariavelmente o que me acontece sempre que leio algo que me abisma. Minha respiração corta, e eu passo por um leve período de incredulidade: como é possível dizer sobre as coisas do mundo dessa forma? Este teu livro de poemas, Letícia, me parece um convite para perder-se, para desnortear-se, e no entanto é uma insistência no caminho, nos corpos, na poesia e em como tudo isso é maleável tal qual água; e como tudo isso pode ser a um só tempo tanto uma coisa quanto outra. Tudo é perigoso e no entanto é tudo feito da mesma matéria errante, e tudo é mormente linguagem: "ainda acredito nos diamantes inventados pelos homens;/não os encontrados/reluzentes, perigosos/mas aqueles feitos pela língua/(cuidado, o perigo é ainda maior):/tropical/navio/cumbuca/nefasto".

Vem-me agora aquela imagem do Huidobro, de um paraquedas que de repente se transmuta num maravilhoso "parasubidas", enquanto você me diz: "viver é da ordem do impossível: e, ainda assim, cá estamos". A tua poesia não tem o escrúpulo de afastar o vazio da vida, porque sabe da fatalidade que é todo acontecimento. Talvez o vazio aqui esteja mais para a vacuidade que para a ausência de qualquer coisa, mas é nesse cotejar entre o que transborda e o que se ausenta (ou parece se ausentar, ou se camufla), e como nos movimentamos dentro disso, que me parece estar o centro de tudo o que li. "maria esther também me disse/que de vez em quando se pode avistar deus:/basta ir para perto do mar e buscar a estrela mais brilhante/a morta", você escreve.

Vejo uma urgência em mantermo-nos vivos diante do tempo em que estamos enfiados hoje, agora. E, quando você fala de futuro, de Paul B. Preciado, da filha no ventre, da intermitência das coisas, é como se de fato obliterasse qualquer má notícia, qualquer mau presságio. Passam as imagens, paisagens que às vezes me soam como um *road movie*, noutras como num filme de internas. Passam as imagens, como num rolo circular, ou como num daqueles objetinhos que eu nunca soube nomear, mas que olhamos por dentro e vamos passando as fotografias minúsculas que diante da nossa retina tão aproximada parecem cobrir todo o nosso rosto.

Agora já é noite, outro dia, estou na sala em silêncio, mais uma vez releio tudo, observo a divisão das partes do livro, cada poema que respira ali dentro. Começo nos nomes e nas vozes que se encaixam nos nomes, passo ao espaço, chego à casa, e termino no teu corpo, que de novo parece buscar o encaixe com os nomes-corpos-gente, do início de tudo, no cortante poema "nós", que fecha este livro como se o rasgasse. "Diante de um tufão,/furacão/(ou mero redemoinho),/acoplar-se a outro alguém/para sobreviver à tempestade". Não é mesmo à toa que sobrevivemos.

**Julya Vasconcelos**

não há muito mais o que dizer:
para Azul.

# GOSTO MUITO DE OUVIR VOZES

## aaron

ainda creio em sinais
ainda que esteja difícil
encontrá-los
nos tempos de hoje

ainda creio nas sombras do universo
aquelas que dançam entre dez da manhã e uma da tarde na parede do quarto
projetam uma cidade desconhecida
um pavão em um giro mortal

(quem diria, pavões também executam à perfeição
saltos de ginástica olímpica:
são sinais)

o historiador americano aaron saachs
escreveu que a maior qualidade dos primeiros exploradores
era dominar a arte de se perder:
no fim das contas
conhecer seus instrumentos e
ter algum otimismo em relação
ao caminho por encontrar

ainda acredito em deixar as portas abertas
quando invisíveis nadadores trespassam
o meu corpo
atravessam-no com luz
trazem a sede de amor e água
que somente pode existir no verão

são sinais

ainda que esteja difícil
nos tempos de hoje
crer em suas
aquosas e milagrosas
existências

ainda acredito nos diamantes inventados pelos homens;
não os encontrados
reluzentes, perigosos
mas aqueles feitos pela língua
(cuidado, o perigo é ainda maior):
tropical
navio
cumbuca
nefasto

um amálgama de inesperados sons
que requer nada menos
do que a própria vida

dois cavalos
depois de uma larga e estupefata corrida
quando cansados
se reconhecem em suas derrotas de cascos
e coices
e erguem as patas
dançam numa língua equina
o exercício de buscar justamente
aquilo que lhes é desconhecido:

não há derrota para os cavalos
somente a corrida

uma vez tentei acreditar nos sinais de cortejo
de uma alma diante da outra
em tempos de guerra de calendário
mas fui obrigada a reconhecer
os muitos mais cortejos das almas infelizes
versadas em vestidos costurados de manhãs frustradas

esses não são sinais

como reconhecê-los, então?

pensemos nas gaivotas
que em suas barrigas guardam o segredo do futuro

pois bem

agora, quando estiver sozinho ao mar
e avistar uma gaivota
observe bem seu branco dorso

nele estão todos os sinais

num tropeçar
ela abre voo

voa
voa
voa

traça um arco infindo de perder-se
mesmo estando em casa
(esse, o maior sinal).

## você

eu queria começar dizendo que sobe um cheiro de mar quando você se aproxima. contudo, essa frase é cafona, clichê, e você detesta monotonia. eu recomeço: os teus olhos desenham com o silêncio a alegria dos dias que vêm. a incerta cor dos teus olhos. ao se aproximar, bem perto, se nota a luz ilimitada. decidimos por missão o mergulho. (outra palavra abominada por você — "eu não sou católico".) poderia falar em traço, rota, sentido. mas "decidimos por sentido o mergulho" não, é muito ruim. vamos com missão. numa tua mão, um punhado de cidades. na outra, vontade, esse feixe luminoso. e, assim, um convite: não se deve deixar que os lugares envelheçam. afinal, pode acontecer que um lugar qualquer esteja à espera. mergulhar. em si e para fora — pois é tanto. "eu sou a favor da minha revolução", parece uma frase sua. poderia ser uma frase sua, pois tudo que é repto pertence a você. a poesia, assim, é um rapto, a casa cheia de água. talvez seja isso que eu queira dizer: do violento poder dos teus dedos inventando o azul nos espaços. os meus olhos se enchem de mar, do teu mar. e por isso eu te agradeço. a escrita do céu diz que é preciso acreditar um mínimo neste sol que se deita profundamente sobre o sal. eu, já não tão avessa ao misticismo, digo que creio. e sobe de ti um cheiro de mar.

## maria esther

a mãe de uma amiga
dizia saber da piada mais engraçada do mundo
— quer fazer deus rir?
faça planos

minha amiga era criança
e o sorriso não veio:
ela não conseguia entender quem diabos era deus
e por qual tamanha crueldade ele ria de suas vontades

eu tenho planos:
quero ir à praia no domingo
quero inventar o arco-íris com uma mangueira d'água
no quintal da minha avó
quero ouvir do menino de que gosto que ele gosta de mim também
quero passear de barco pelo rio são francisco com meu pai
e ver a girafa triste de salvador no zoológico com minha mãe.

a minha amiga se chama maria esther
e eu a conheci quando me mudei para o recife
e descobri que não se pode ir ao mar por conta dos tubarões

dois meses depois de me mudar para o recife
minha avó morreu
há muitos anos
moro em apartamentos
cujas vistas são também outros apartamentos
nunca um quintal
meu pai teve dois avcs e um câncer
e pouco a pouco me esqueço do seu rosto
apesar de minha mãe dizer que o abraço do meu sorriso
vem dele
no recife, tentei levá-la para passear no capibaribe
mas ela tremeu de pavor quando o rio se chocou com as águas
salgadas
nesse momento, ela, tão ateia
clamou ao divino para
não morrer em lugar tão fétido
por que, por que, minha filha
você decidiu viver em uma cidade com cheiro de esgoto?

— quer fazer deus rir?
faça planos

maria esther também me disse
que de vez em quando se pode avistar deus:
basta ir para perto do mar e buscar a estrela mais brilhante
a morta.

se ela lá está
e nós cá estamos

é porque ainda há alguma piada
algum plano
para se ter graça
em romper.

## você, lado b

resgatar imagens e pequenos vestígios
é uma tarefa sempre delicada;
dar lugar a tempos que não existiram realmente
ou que ainda estão por vir

um dia, você bradou:
eu sou o mar
e quando abri as janelas
você veio em rascunhos de ondas

se 1976 já passou faz tempo
isto é apenas um deslize de perspectiva:
o tempo nunca passa porque o tempo não existe
e as histórias cruzam-se sempre
sejam reais, lidas ou caçadas em mesas de bar

a escrita é sempre um aceno a outros dias
mais ou menos brilhantes
ou a alguém mais ou menos relevante

o seu mar veio da ponta dos dedos
do movimento da mão
e da inclinação do ombro

até o dia em que o sal em você
começou a arder
e devorar seus
ossos
fígado
rim
até chegar aos pulmões e ao coração

afinal, você era o mar

mas a partir daquele momento
não havia mais ar
somente salinidade

e o azul
dentro de você
começou a ascender
iluminado e aceso
criando a eletricidade.

construir um percurso poético é imaginar e discutir com a forma
as possibilidades de olhar todo o tempo e todas as coisas
desde um lugar que nunca existiu
retirar-se para um calendário qualquer
e olhar novamente
com cuidado
para o que há

o inteiro mar que existia
desapareceu

dentro dos próprios sinais
de prótons e elétrons
a capacidade de transformar
movimento em energia
os afinais corpos
eletricamente carregados

justamente um dia você foi o mar
e nesse dia eu te deixei entrar
apenas
com sinais de água
sem imaginar o poder cinético de um objeto:
qualquer corpo em movimento é capaz de produzir
eletricidade

o que dizer de um mar?

um poema coleciona águas
descobertas através de correntes delicadas
mas também, por muitas vezes, doídas.

## karen

pensei em te escrever quando acordei
mas notícias bombásticas
jamais chegam
antes do meio-dia

(a bem da verdade, não há nada de novo
na ilha de são sebastião
apenas uma vontade)

posso dizer que
há muitas pessoas na rua
e alguma delas — incrivelmente
caminham com o seu sorriso

mas veja que quando tentei te escrever
você reclamou de um excesso de azul
já que a realidade
tem se apresentado muito mais batida
de vento e chuva

mas veja:
a sua doçura sour

a sua doçura bliss
é própria de quem visita o inferno às terças-feiras

e, justo nesse dia, o mundo se enche de mar.

## azul

tenho 32 anos e estou grávida de uma menina
que vai se chamar azul

nunca me imaginei como mãe

junto ao teste, me veio a história
que li na biografia de dante alighieri
sobre como a miopia fez sua amada cidade perder uma batalha

eu tenho dez graus de miopia
então se vê que este é um assunto

mas bem
quase perto, muito perto da vitória
da cidade de florença contra sua inimiga
o exército de cavaleiros vermelhos
reuniu-se nas muralhas da cidade
para esperar o inimigo

ele vinha vestido de branco

contudo, o general
que também era bispo

e muito míope
com os tais dez graus que carrego
avistou uma onda branca avançando pela manhã

o general considerou ser um movimento de deus
um bailar do vento pelas rochas italianas

e qual não foi o seu espanto ao descobrir
muito tarde
cavalos e soldados
soldados e cavalos

eles perderam a guerra pela falta de óculos

o bispo foi condenado à morte
e, na sentença final, toda a florença escutava seus gritos:
"não temos culpa se não podemos ver
aquilo que não pode ser visto!"

ao segurar o teste confirmatório de azul
ouvi uma pergunta: é possível ser
aquilo que nunca se quis?

uma vez em cuba, caminhei para dentro
de um tornado
estava chovendo há horas e a luz havia se escafedido
a recomendação oficial era ficar parado

mas nunca fui mesmo de seguir recomendações

mesmo de pés encharcados
sozinha e na escuridão
decidi voltar para casa

ouvi um sussurro que me chamava

algo que ainda não existia
um silvo muito concreto

vocês já estiveram dentro de um tornado?
é fascinante e temeroso
o poder de um tornado
como
é fascinante e temeroso
o poder de uma palavra

materializar algo do inefável
em uma pedra muito, muito sólida

tão sólida quanto a pele dos sobreviventes

dois mergulhadores se afastaram do barco de treinamento
em busca de um peixe-palhaço
uma obsessão da menina que gostava de ir ao fundo das coisas
depois de alguns minutos, sentiram um qualquer turbilhão
e imaginaram que fosse um navio cheio de turistas
e suas câmeras fotográficas, turistas
e seus cassinos flamejantes
turistas e seus covers de elvis presley

era um tsunami
e havia devorado tudo ao redor

quando os mergulhadores ergueram as cabeças
nada mais era como antigamente
haviam atravessado um túnel desconhecido
quando tudo o que sentiram foi apenas um vento
por debaixo das pernas

"não temos culpa se não podemos ver
aquilo que não pode ser visto!"

estou com 32 anos
a mesma idade de dante quando
sua florença perdeu a guerra
para o exército das miragens

e desde que descobri azul
nada mais foi como antes

talvez exista uma salvação para
mergulhadores obcecados
pedestres irresponsáveis
e bispos míopes
em que tsunamis e turbilhões
representem tanto perigo quanto
um dicionário

talvez a valentia esteja mesmo
em aceitar os tornados
pois uma vez que se entra
se aceita também
o completo desconhecido
do outro lado

não temos culpa se quem diz mar também diz naufrágio

*

*   *

# OS PÁSSAROS NASCEM VOANDO

## Azul,

O teu pai está dormindo enquanto eu busco escrever.

O teu pai. Estranho. Estranho olhar para Pablo e dizê-lo pai, estranho adicionar esse pronome: teu. Eu tenho 32 anos; quando você nascer, terei 33.

Há uma fresta de luz no banheiro que não me deixa dormir; sou dessas necessitadas da escuridão total. Teu pai, por outro lado, teme o breu. Tudo bem: na vida, aprendemos a negociar; aliás, este é o negócio do osso: negociar o tempo todo. Negocia-se com o corpo, com a cabeça, com as palavras de fora da boca, as de dentro e as que só faltam explodir. Mas não explodem. Pois veja: vida é negócio. Negócio de alegria, negócio de movimento. Negociar imagens também acontece. Negociar memórias, muito.

Por que meu nome é Azul?, um dia você há de perguntar. É Azul porque é cor, e cor é feminina. Em um recôndito da Índia, para desejar todo o mal a alguém, você diz "espero que você caia em azul". Na Barcelona medieval, tingir um pedaço de pano em azul era prover a alguém a maior riqueza que poderia haver: a sorte. Ou seja: a vida é negócio. Pode ser de destino meio cheio ou meio vazio, mas a sina é azul. De pronto, essa é a explicação. Há outras que virão com as fabulações da intimidade. Coisas bonitas:

pensar em alguém e descobrir que essa pessoa também estava pensando em você. Ver o movimento das árvores e dos passos lá fora cerceando a única entrada de luz, uma fina frente de porta, o que ocasiona formas curiosas e não exatamente reconhecíveis ao cotidiano. Acordar dentro do verão. Segurar com as mãos notícia boa. Azul, você veio com a pedra da força, e isso é mesmo um espanto. Por cá, ainda chove, mesmo sendo quase primavera. Não é bonito que depois do inverno venha mesmo a primavera? Como uma série de braços intermináveis entrelaçando-se uns aos outros na construção de uma narrativa de mundo em que, após o desfolhamento do ser, segue-se o reencontro com a cor. E talvez seja assim que tem que ser.

## um lembrete

"Jorge de Sena dizia que para compreendê-lo era preciso uma alegria de um pássaro para com as migalhas da vida e uma mágoa de não ser um pássaro para contentar-se com elas."

## para o futuro

Ontem, o Paul B. Preciado disse que estamos na melhor época da história para viver, pois diante de uma revolução histórica, cultural, de gênero.

Curioso: esse cheiro sempre me foi presente: a possibilidade de futuro.

O trabalho de quem mexe com poesia é encontrar beleza em pá de ventilador; para depois criar um objeto completamente inútil, desprovido de qualquer valor material e que serve tão somente para quem lhe dá algum tipo de atenção ou cuidado (o/a leitor/a).

O poema, depois de pronto, não serve nem mesmo ao poeta: está pronto, chiu, faça silêncio para vir o outro. Pois bem. É da ordem da doidice ou da fé total ou da crença no futuro, a poesia. E essa coisa de botar você, uma mulher, no mundo, às vezes, gira nesse lugar.

Quando busco concentrar, em um nome, o assombro que é viver & seguir viva, degrau após degrau, entre dentes, estradas e conquistas, digo Azul. Porque viver é da ordem do impossível: e, ainda assim, cá estamos.

A LINHA DO EQUADOR

## a entrada

trinta anos
noventa dias
desabamento,
tentativa de fuga.

uma disputa entre o mar
e a montanha,
introdução aos malabares.

um casamento arruinado,
flores crescendo pelas paredes do quarto,
o cheiro do jasmim-manga à noite
quando se perdem as chaves
e pula-se o muro para voltar pra casa.

alguns ficam
outros,
enfim.

pelo menos havia uma banheira
para ensaboar
as expectativas.

por fim, o armário
onde tranquei os pedaços mais valiosos de mim:
chico alvim, baudelaire, antónio pina.

uma noite perguntei se não poderia ir lá dentro
— dentro, muito dentro deste —
pois sentia profundas saudades dos meus,
do ainda não é o fim nem o começo do mundo,
calma, é apenas um pouco tarde.

eles me perguntaram:
você se acostuma a ser trancada por cadeados?
(pois nada pode ser aberto
depois das dez).

um navio flutua
sobre o oceano.

## o calendário da cozinha

creio que aqui cheguei ontem
quando amanhã terão
passado alguns meses:

antes mesmo de chegar já havia encomendado um calendário
para circular a tarefa das manhãs:
o dia do pão
— aquele que meu amigo prepara com a mãe
mas que nunca chega na hora certa
o dia da vizinha carente
— ela dançava flashdance nos anos 80
e hoje tem uma loja de camisetas com dizeres futuristas
(ou seja: tudo que deveríamos fazer
mas ignoramos)
o dia da feira orgânica
— quando me deito e coloco o despertador
mas a esquina da ilha luminosa
sequestra a hora certa
a verdade é que
sou péssima com calendários
quase nunca retorno ligações
não é por grosseria, veja
mas porque ainda estou aprendendo a distinguir março de maio
e quantos dias efetivamente tem abril

## a sala de estar

*(estar preparada para o desastre iminente)*

uma cidade ao redor de um vulcão.
a cada vinte anos dispara fumaça,
para lembrar aos vivos que
também caminha por esses lados.
o aeroporto está nas cercanias da montanha
e para chegar à cidade, eleva-se.
a virgem
— símbolo da cidade —
segura uma serpente e
está de costas.
os prédios são baixos,
as ruas, estreitas.
no céu, à noite, ambos dançam:
hemisfério sul, hemisfério norte.
é proibido beber na rua.
é proibido beber em lugares públicos.
é proibido beber aos domingos.
ressacas infindáveis.
um oceano cinza:
jamais esperaria essa cor dentro de um mar.
faz doze graus e acabo de vivenciar um terremoto

3,7

pouca coisa mudou:
a mesa moveu-se,
o teto não desabou,
a manhã seguiu.
ele saiu do escritório em pequeno desespero:
você ainda não tem uma mochila para fugas.
e o que faz quem não tem
uma mochila para fugas?

## o quarto de hóspedes

estamos parados diante da garota
que pegou o touro pelas mãos.
sorrimos,
seria você uma visão?
ela diz se preparar com
a habilidade de duas da manhã,
quando foram todos embora
e não há ninguém para recolher os destroços.
quando tudo é sonho, tudo é.
estamos parados diante da água, e não há ninguém na praia hoje:
o mundo é real como nunca mais haveria de ser.
estamos parados diante dos diferentes nomes que os homens dão
às coisas.
e de todo modo chegamos ao topo,
quando o topo não era exatamente um lugar inexplorado,
devo dizer.

## o quarto dela

trago até hoje nos bolsos
teu rosto de nariz desconfiado,
de uma tal sorte de miragem
que ainda é possível ouvir os violinos,
mentira.
nunca estivemos assim à parte:
a língua manchada de azul te encontra em gatos,
bússolas e poetas que insistem em repetir:
os homens têm asas os homens têm asas os homens têm
uma miragem: é isso que você é
— não como a eletricidade
mas tal o navio antes de atirar-se diante do violino.
uma faixa de areia branca suavizando
qualquer vestígio de
fim ou princípio de mundo:
hoje posso não ser poeta,
estou vestida de gagarin a perceber-te azul e imensa.
dia desses ainda descubro como calcular nos teus osteoblastos
a salinidade desse mar.

## o quarto principal

odeio as piscinas infinitas
por fingirem algo que não são
como se fosse possível
se jogar no abismo
do teu corpo
sem a absoluta certeza de que
todos os ossos vão se estilhaçar
sendo atirados em variadas direções
numa velocidade maior que a da luz
quando você pergunta:

— vamos nadar?

## o corredor

o quanto há de régua e o quanto há de mar nessa manhã que se aproxima?

## a churrasqueira

estou sentada diante
de um vulcão e o
observo com meus
dez graus de miopia:
o que sonharia
de olhos fechados
carbonizar a cidade?
talvez traiçoeiro,
ameaçar,
partir, voltar
e de repente
desaparecer?
observo um vulcão dormir
para aprender com sua respiração
onde é sonho
onde é espera
quando erupcionar é um verbo feíssimo
e pompeia não está tão distante

## a piscina

ninguém disse que era fácil
ter
vontade de pássaro
desejo de pássaro
sonho de pássaro
mas
querer também
navegar

o sol da tarde desenha
em minhas costas
uma flecha
(uma asa?)
e uma sombra no braço
forma um rio

agora, vamos

viramos peixe
afundamos a cidade
gritamos: ei
há vida submersa

depois, fugimos
como gaivotas
desaparecemos n'água

viramos ilha:
cada qual
seu próprio náufrago.

## o balcão

um dia de dúvidas,
bom para fazer um chá
aos demônios interiores.

pena que um avião
acaba de cruzar a varanda,
crendo que nós éramos
as montanhas.

são sete e quarenta e cinco.

o salto foi
exclusivo
seu.

o piloto fez a curva:
sem sombra de metafísica,
espero a queda da tarde.

a água acaba
de ferver.

## a área de serviço

olho para você:

telhas
esquadrias
para auxiliar a passagem de ar.

um chuveiro que goteja.

ontem, enquanto falávamos de qualquer coisa
usei a palavra *intermitente*
e você ficou deveras fascinado:
o que é isso?

*alguém que mira um copo quebrado ao acaso*
*ou uma rachadura surgida*
*durante o sono.*

eu disse
bem, é algo assim
como quem vai e vem
como quando tu buscas uma chave que não existe
e eu te espio cá dentro
através dessa janela emperrada.

## o interfone

pequenos rituais:

de dia você me diz
vamos ser amigos?
e à noite são quatro ligações:
uma para desejar bons sonhos
a segunda para contar que voltou ao restaurante
onde falamos pela manhã
a terceira para checar se está tudo bem
depois de minha mãe ter ligado
a última para se certificar da validade do nosso contrato
respondo com um conselho:
ao chegar em casa, tire todos os anéis
ao sair, coloque-os de volta
porque não se vai à guerra sem armas
e te leio:
"o modo como seus sonhos parecem os
pensamentos de pessoas que sobreviveram
a um desastre de avião"

as palavras não prestam contas

às vezes penso que não tenho forças para enfrentar essa tormenta
então me contento em deixar o domingo
de cortinas abertas
enquanto os raios flamejam do lado de fora.

## a porta da rua

o que quero dizer quando escrevo:
casa?
onde se queimam as pontas dos dedos sossegadamente
a arquitetura do animal
a caverna?
falo da solidão da casa
do conforto da cama vazia
da rua que passa engolindo tanto
e não quem está dentro.

## a caixa de correio

depois de cinco meses
volto à terra onde
não se deve estar sozinha à noite
pois sou lenta
demais para fugir.
apesar da chuva,
a manhã ressurge como se espera,
limpa.
encontro
um velho conhecido,
combinamos um chá da tarde,
discreto
e silencioso.
no açúcar do biscoito grudado
na xícara de um hotel de franquia,
vemos a tempestade cair,
dentro.
a verdade é que eu não estava preparada
para tamanho erro de cálculo geográfico
quando há no mundo uma,
quando muito,
rua
difícil de encontrar.

## a casa vista da rua

primeiro, é a fundação da casa.
quantos pilares são necessários
para que a estrutura não esmoreça?
depois, pensar por onde o vento caminha:
seguindo um caminho desenhado
ou dançando pelos passos dos cômodos,
por vezes anunciando sua chegada,
por outras, desaparecendo em uma quarta-feira esturricada.
ainda, uma casa precisa de curvas
para abrigar todas as palavras
e o desespero dos domingos.
também é preciso pensar no azul,
por onde virá?
o melhor é pelo alto, guardado três vezes
para que o assombro ao encontrá-lo, de certa forma,
permaneça.
uma casa se constrói de paciência e desejo,
algo que nunca tive, a vez, combinados,
pois sempre me pareceu que,
diante de uma falésia,
todos os pratos poderiam ser quebrados
e a manhã surgiria rósea e límpida,
como em qualquer outro dia.

hoje sei que para construir uma casa
é preciso construir as manhãs,
com a sede de quem quer água
mas não busca em qualquer poço,
com o cálculo dos mergulhadores,
e as horas, passageiras em vagões
muito bem acoplados,
em que um maquinista sem piloto automático
sabe ser seu próprio trem.

*

* *

## tatuagem

um braço tatuado
a intacta unha do polegar esquerdo
a única que não tenho coragem de roer
a cicatriz de quando tentei me depilar à gilete pela primeira vez
(mulher é sangue, sangue, sangue...)
os constantes anéis
porque:
não se vai à guerra com os dedos nus
o que irei oferecer quando me prenderem?
porque certamente serei uma das primeiras a ser capturadas
enquanto todos estão em posição de ataque
em suas trincheiras, recarregando armas
eu sou aquela quebrando um copo
pisando em cacos de vidro
(mulher é sangue, sangue, sangue...)
em busca de um isqueiro para dar conta da fundação da casa
aquele músculo que repousa sobre o útero
e se desgarra da razão.

## quando se olha para trás

partimos esperançosos rasgando horizontes
veja só:
estivemos a duas horas do futuro
onde sangue e amor se encontram
possibilidades
nuances
entregas arrependidas
hora atrás de hora
faíscas de sonho
não estamos dormindo continuamos no mesmo lugar
onde o coração intranquilo
se desdobra
em navios e solidão
agora estamos pelo mínimo pavio
olhos ávidos
a noite despenca, quebrando três estrelas
suavizando a tragédia
tudo que se esconde sob o seu sorriso
(sob a imensidão do mar
do seu sorriso)
fatalmente aparecerá

## não olhe para trás

se o mundo inteiro fosse feito de cavalos
ainda assim, estaria você
discutindo a função original:
é um monstro, não é
é o devir de um centauro
não é
os animais desconfiam da tua capacidade
você sabe, por exemplo
que a palavra cão não morde e
que o risco no céu
— eles pensam ser um cometa —
em realidade, é só mais um avião em queda livre
nós também sabemos nos dividir, é verdade
os olhos, as pernas, os braços, dois corações
aqui, a garganta, do outro lado, o riso leve
do centro do seu corpo irrompe um precipício
todavia, agora, são dez da manhã e
me pergunto:
como são as montanhas que vamos descobrir
quando chegarmos ao japão?

## isto não é um filme

escute lá
isto não é um filme
ainda que estejamos
com as facas nas mãos
ou que ontem tenhamos dividido uma mesa
com um panda de olhos tristes
que cantava sozinho em sua língua de panda
e chorava baixinho, com suas lágrimas misturadas
ao gin tônica que amanhã lhe dará profundas
olheiras de panda
escute lá
isto não é um filme
eles que vêm vindo de vermelho
são nossos amigos
devem ser nossos amigos
deveriam ser nossos amigos
(foram, um dia, nossos amigos?)
e se isto fosse um filme
poderíamos sorrir e dar as mãos, já que viemos
do mesmo substrato: das caixas de
sabão em pó
mas como isto não é um filme
preferimos nos sentar à beira da estrada

e assistir à cidade ser devorada
engolida e, por fim
regurgitada em um qualquer outro amálgama
de caos e imprevisibilidade
pois, tanto no caos absoluto como num mundo
rigorosamente regulado e cadenciado
o indivíduo não é nada, a vida é que é tudo
e pela última vez, um aviso:
não confunda
isto não é um filme
não há ninguém lá fora.

## dentes

assim como conheço uma cidade
pelo peso do meu corpo
quando sou levada pelas minhas coxas
por uma esquina que deságua em um supermercado
onde certa vez roubei um sanduíche
— eu que nem gosto de pequenas porções amontoadas com pequenas porções
gosto do inteiro, mesmo que doa a boca —
pelo mero prazer de me saber capaz
de esconder insignificantes segredos
quando os grandes caem todos pelos dentes.

(adoro dentes.
acho-os fascinantes.
pessoas de caninos prontificados gozam de palavras fortes.
pessoas sorrateiras costumam fazer clareamento.
as sedutoras também
mas elas vão a dentistas mais baratos.
gosto de quem tem dentes tortos
geralmente são alcoólatras.
também gosto de quem usa aparelho tardiamente
parece uma brincadeira com o tempo:
caber onde não pode.
ou poder onde não deveria.)

assim como conheço uma cidade
pelo peso do meu corpo
conheço o peso do seu corpo
carrego o peso do seu corpo
como o aprendiz de joalheiro que esteve um ano com uma safira
agarrada ao punho
para sentir o exato vazio de quando ela se foi.
conheço o encaixe dos seus braços
um abaixo da axila, o outro acima do ombro
a sua perna esquerda buscando a minha cintura.
quando você está em dúvida, seus olhos mudam de cor
e quando você me disse para não confiar em alguém com olhos
furta-cor
somente lembrei do rio onde consigo chegar sem mapas
mesmo anos depois de ter deixado a cidade
mesmo de olhos fechados
porque até os rios pensam que podem equilibrar o inferno
os corpos, não.

## elefantes

feito de aço e ferro
o músculo resiste à razão
— ou, antes, reage

forma com o andaime
o mapa da particular cartografia
onde concede aos elefantes sagrações

está tudo certo mas

durante a noite, tenho
medo e quando me recosto ao
bruxismo é em ti que me encontro

isso é linguagem.

## a primeira pausa

tenho cá uma cadeira onde, um a um, sentam-se todos os homens do mundo. se levanto esta cadeira, os homens continuam a vir, mesmo não tendo onde se sentar. não importa. sob o céu de temor e zinco, sufocam as terras estrangeiras.

## a segunda pausa

para que servem essas paredes?
diga-me lá, astronauta
que nunca matou um tigre.

diga-me lá, astronauta: é mesmo azul o pôr-do-sol em marte?

por fim, astronauta,
há um terremoto lá fora.

você gostaria de mais café?

## a terceira pausa

eram dois náufragos em expedição pelo cáucaso. haviam sido enviados em missões diferentes; uma, em reconhecimento da carta geográfica; outra, em busca de um artefato. o mar negro não se refestela na noite, foi a primeira descoberta dos dois. a segunda foi o amor; este veio pelo irromper das grandes florestas. algumas cartas nunca chegaram, na síria foi formada uma unidade de terroristas do cáucaso. passados alguns dias, o usual. o estudioso cartográfico tornou-se parte da paisagem. encontraram-se um dia tecendo linhas à beira do rio que pensavam ser o mar. nunca conseguiram suficientes juízes disponíveis ao meio-dia para os julgarem. o resto do tempo estavam ocupados, seja colocando barcos tingidos com lembranças de verão para descer entre as montanhas, seja na rotina de precipício aberto: ele nada revelava que ela já não sabia. onde havia silêncio, havia dança. um ao outro foram reis e coelhos, guarda-sóis e fitas pretas de dupla face na extensão de cada palavra. quando veio a guerra, ainda cogitaram ficar, na tentativa de remanejar areais a fim de esconder placas e estradas. supunham avistar a cidade. até hoje, supõem-se perdidos.

# mapas

entra aqui luz de novembro quando ainda é maio. não: estamos a meio do ano, aquele ponto em que começamos a pensar se efetivamente levamos estes dias na epiderme ou se apenas constatamos a sobrevivência. há um ano, estávamos na outra ponta do oceano celebrando uma aposta. ou melhor: jogando os dados para o alto; onde caíssem, veríamos adiante. tenho para mim a impressão desta cidade andar em círculos entre a ilha e a montanha, entre a ilha e a montanha, entre a ilha e a, sem decidir-se por nenhum caminho. talvez seja isto esta tal humanidade: encontrar o próprio círculo sem criar infernos em alheios vizinhos. quero dizer com isto a possibilidade de ser uma cidade feita de fronteiras e nada mais. ao invés de aço, areia e sal. então, o espelho é este. são precisos peixes dourados, e não há outro lugar de onde se veja a franja recortada das montanhas.

## ainda, os elefantes

recuso-me a estar sozinha
o coração inquieto vagueia por esquinas e paradas de ônibus
tanto quanto for possível.

invento ilusões, picos de montanhas
posições de yoga e
frenéticos acordes
para a orquestra que nunca terei.

ligo para os amigos mais incautos
e ficamos a tomar chá e
tecer nós durante toda a tarde.

em suma, crio elefantes na sala:
preencho os espaços em branco com o máximo de verbos que neles couber.

sempre em busca de azul.
a procura de azul move montanhas — ou, ao menos, pratos de porcelana barata.

pergunto:
onde mora a sanidade?

devemos incorrer em erros na busca de verdade qualquer
ou evitá-los a fim de compreender a eletricidade?
devemos insistir em nossos desejos furiosos
ou fluir pela catequese psicanalítica da verdade?

pergunto porque
sob todas as análises
insistir no erro seria a medicação mais indicada
para as falhas de caráter.
seguir a pavimentação
pôr os pés na terra.

em qual momento abater árvores não é tão somente repetir o discurso?

até que ponto atravessar cidades não se trata de correr em círculos
no mesmo quarto?

estou sempre a esperar notícias do atlântico
por fim.

## agora, os cavalos

poderia segurar a sua mão mas tenho medo que ela desmonte
de súbito
pelo toque fraudulento da minha

não há mais espaços para dançarmos; ainda assim
vão-se lá pernas e tecidos e membros ocultos

com algum álcool no sangue
tentamos, com muito fervor, repetir frase a frase o discurso tão revelador
da madrugada de quinta-feira

agora sequer lembramos do que falávamos mesmo

talvez fosse
aquele panfleto ordinário que um hippie qualquer
nos entregou — com raiva nos dentes, quando lhe negamos moedas na mesa da rodoviária

lições retiradas de um manual para aprender a comunicação com cavalos:
*(o curso completo pode ser entregue na sua casa mediante doze parcelas mensais)*

— não olhe para baixo, mas sempre para onde se quer ir;
— não retenha a respiração, para ficar mais descontraído;
— ao segurar as rédeas, pense que leva um passarinho nas mãos;
— agarre-o para que não fuja, mas não o aperte para não o magoar;
— ao galopar, tente captar o movimento com a cintura;
— um bom cavaleiro, apesar de parecer que está quieto, sempre acompanha o movimento.

## talvez, o passado

sentada diante de
fichas de pôquer
uma escultura amarela de cera derretida
contra insetos
ainda arde: há uma chama acesa
dois pratos sujos com restos de batatas
(estavam muito salgadas)
e uma cópia amassada da odisseia.
do outro lado da mesa, o garoto prepara copos com vodcas
e desvenda o futuro: tudo aconteceu e
ele sempre soube; o que há é mera
cópia barata, antiga projeção:
deveríamos ter ficado em casa assistindo a estranhos
encenarem tamanho espetáculo?
os dias se vão
se é que alguma vez estiveram mesmo
conosco
à mesa, continuamos as atividades
pôr e retirar palavras
pôr e retirar lençóis
pôr e retirar arbítrios
o garoto não separa a madeira

ainda que seja preciso saber da sua raiz se é
furiosa ou arredia

sonhei que recebia de um amigo
uma caixa com alguns rolos
dentro havia filmes feitos por andy warhol
em um deles
andy estava na praia, acompanhado de uma fauna espetacular
imagine: uma praia de nova york dos anos 1950
(eu nunca fui a nova york)
guarda-chuvas brancos e vermelhos
chapéus
todas as pessoas estavam de costas para nós
de frente para o mar
havia uma profusão de vozes
essas vozes nunca correspondiam às costas
de quem estava sendo filmado
esse amigo também tinha uma amiga que pintava florestas
cada quadro era uma passagem
para onde a pessoa
poderia ir quando quisesse sair do mundo
a minha floresta era muito clara
em tons de rosa e verde-claro
um rio curto, uma tripa de rio
e uma montanha que, sabia-se, além dela
havia mar
o despertador tocou
existem deuses e eles pairam.

## talvez, o futuro

à direita dentro de alguns
minutos
veremos uma cidade
comunista dos tempos
comunistas com prédios ainda
comunistas não comunistas
de verdade porque isso aqui
não é mais comunista
mas a arquitetura em blocos as paredes finas as cores
sabiam vocês que as cores
comunistas eram escolhidas para deprimir seus habitantes
*e também porque eram mais baratas*
vejam agora o pássaro marco da fundação do país
quando ele ainda não era
comunista
pense assim que eram pássaros
eram todos pássaros e viviam voando
observem agora um prédio comunista adotado pelo banco da china
os reconhecemos pelos dragões solares empalhados
no topo de todos os prédios
comunistas comprados pelo banco da china
*geometricamente alcançam os céus*
enquanto o gelo parece ressoar os acentos

o ar desgarra pouco a pouco as batidas do verão
talvez exista algo de miraculoso numa cidade capaz de
atravessar os mares deste século
com esta língua fervida no inferno.

## uma estrada

e se dentro do som
houvesse outro som
feitos pelos duzentos nós
reféns da tua cabeça
e se dentro da pele
houvesse uma nova pele
disposta a tudo absorver
mas também regurgitar quando
sentisse o poderoso veneno
aquele que não nos faz voltar atrás
e se por dentro de um pé
corressem outros mil pés
dispostos a nunca olhar para trás
e então e então
e se por trás da córnea
houvesse ainda um quinto olho
de saco cheio desta história de terceiro
e também um pouco míope
mas ainda assim um quinto olho
que vendesse ao público
a sinfonia das paredes nuas
e se dentro da língua
houvesse ainda uma nova língua

aquela pela qual os homens tanto guerrearam
uma língua onde caiba o diamante
e a gaivota
uma língua feita da barriga do mundo
e do viaduto do amanhecer
uma língua onde dancemos
na volta para casa
sem nos preocupar onde cabe a mim
e onde cabe a ti

## depois de cruzar o atlântico

tenho o lado direito mais fundo
que o lado esquerdo
por carregar neste lado
todo o peso da mãe
enquanto o esquerdo guia o carrinho
e as minhas decisões um bocado estranhas
ouço vozes espirituais
que buscam alcançar a beleza
ainda que veja somente
seus dedos a queimar
uma amiga ontem chamou-me de shiva
por equilibrar muitos pratos
pois lhe conto, minha amiga
que há três meses não pago o clube de malabaristas
e com isso estou em falta
sem poder acessá-lo propriamente
leio numa parede sobre
a arte necessitar ser perturbadora
e caber ao artista dar forma
(ou recuperar a forma) do mundo
pois bem, vamos aos fatos:
eu não caibo mais na minha forma
e na minha língua cabem

as trinta e sete cidades por onde passei
tornam-me uma exímia hablante
de lugar nenhum
enquanto isso
há um incêndio em minha barriga
de tamanho rancor
por ter passado dos trinta anos e ainda estar a contar moedas
mas enquanto neste mesmo isso
minha filha dorme
em uma cidade portuguesa do século IX
ela me ensina que muito mais duradoura que as pedras medievais
e as cruzadas
e os manifestos
e ainda mesmo a fé
é a língua do amor

*

*    *

# EPÍLOGO

## nós

turbilhão:
redemoinho feito de nós.

do que é feito um nó?
são seis tipos de nós que te salvam em qualquer situação:

o nó de pescador,
para unir linhas de extremidades iguais,
caminhos traçados por um único destino.

qual o quê,
tamanha farsa!
se cada pessoa carrega seu próprio kit de sobrevivência:
cruz, martelo e prego,
nunca poderão estar na mesma altura,
ou mesma extremidade
(um eterno estica e puxa).

existe a volta do fiel,
é um nó firme,
utilizado para atracar o barco com segurança.
para as pessoas que carregam nos bolsos

a certeza da ida
(em algumas vezes, irmã do traçado da volta).

pausa.
sabiam que a palavra cote tanto pode ser usada
para indicar uma pedra de afiar facas
como para um nó falso,
fácil de se desfazer?
o corte e a fragilidade
são lâminas de um mesmo
nó.

o nó borboleta não serve para nada,
é meramente decorativo.
uma vez uma amiga me contou que
as borboletas vivem por 24 horas
(na verdade, elas vivem por uma semana
mas como borboletas lindas e voadoras mesmo, somente um dia;
antes, elas estão no ovo, no casulo e no aguardo).
ela estava há dois meses esperando para se dizer apaixonada.
por fim, a pessoa lhe respondeu
que ela demorou tempo demais: foram sessenta dias.
sessenta mariposas viraram borboletas
e morreram.

ela esperou por um modesto genocídio de borboletas.

existe o nó de forca,
cria uma alça impossível de ser ajustada,

a impossibilidade do movimento.
meu padrinho se enforcou aos 68 anos.
era um homem alto, lindo
esguio, preto,
viado.

a tradição budista possui três regras fundamentais:
nada perdura para sempre,
o universo é impregnado de dor,
depois que morremos, o que deixamos no mundo
é o nosso desejo.

meu padrinho era viado e budista.

há o nó quadrado,
une duas pontas desiguais,
formando um ângulo de noventa graus.
conhecido como símbolo da amizade,
pois, para o nó ser alcançado,
quatro mãos são necessárias.

o último nó chama-se
o salto.
ele é bastante útil, mas é necessário ter atenção:
muito perigoso.
uma das pontas precisa estar livre para
que a outra se fixe perfeitamente.
se uma ponta se prende à outra em demasia,
o nó se desfaz.

se uma ponta está tão livre a ponto de estar frouxa,
a outra escorrega.

é um nó usado em escaladas,
e recomendado para,
diante de um tufão,
furacão
(ou mero redemoinho),
acoplar-se a outro alguém
para sobreviver à tempestade.

*

*   *

■ primeira edição
■ dezembro de 2022